Verbrecher aus Infamie

Friedrich Schiller

Verbrecher aus Infamie

eine wahre Geschichte.

Die Heilkunst und Diätetik, wenn die Aerzte aufrichtig seyn wollen, haben ihre besten Entdekungen und heilsamsten Vorschriften vor Kranken- und Sterbe-Betten gesammelt. Leichenöfnungen, Hospitäler und Narrenhäußer haben das helleste Licht in der Phisiologie angezündet. Die Seelenlehre, die Moral, die gesezgebende Gewalt sollten billig diesem Beispiel folgen, und ähnlicherweise aus Gefängnissen, Gerichtshöfen und Kriminalakten – den Sektionsberichten des Lasters – sich Belehrungen holen.

In der ganzen Geschichte des Menschen ist kein Kapitel unterrichtender für Herz und Geist, als die Annalen seiner Verirrungen. Bei jedem großen Verbrechen war eine verhältnißmäßig große Kraft in Bewegung. [21] Wenn sich das geheime Spiel der Begehrungskraft bei dem matteren Licht gewöhnlicher Affekte versteckt, so wird es im Zustand gewaltsamer Leidenschaft desto hervorspringender, koloßalischer, lauter; der feinere Menschenforscher, welcher weiß, wie viel man auf die Mechanik der menschlichen Freiheit eigentlich rechnen darf, und wie weit es erlaubt ist, analogisch zu schließen, wird manche Erfahrung aus diesem Gebiete in seine Seelenlehre herübertragen, und für das sittliche Leben verarbeiten.
Es ist etwas so einförmiges, und doch wieder so zusammengeseztes, das menschliche Herz. Eine und eben dieselbe Fertigkeit oder Begierde kann in tausenderlei Formen und Richtungen spielen, kann tausend widersprechende Phänomene bewirken, kann in tausend Karakteren anders gemischt erscheinen, und tausend ungleiche Karaktere und Handlungen können wieder aus einerlei Neigung gesponnen seyn, wenn auch der Mensch, von welchem die Rede ist, nichts weniger denn eine solche Verwandschaft ahndet. Stünde einmal, wie für die übrigen Reiche der Natur, auch für das Menschengeschlecht ein Linnäus auf, welcher nach Trieben und Neigungen klaßifizierte, wie sehr würde man erstaunen, wenn man so manchen, dessen Laster in einer engen bürgerlichen Sphäre, und in der schmalen Umzäunung der Geseze jezt erstiken muß, mit dem Ungeheuer *Borgia* in einer Ordnung beisammen fände, vielleicht mit besserem Grunde beisammen fände, [22] als der Ritter gehabt hat, den eßbaren und giftigen Schwamm in *Eine* Klasse zu werfen.
Von dieser Seite betrachtet, läßt sich manches gegen die gewönliche Behandlung der Geschichte einwenden, und hier, vermuthe ich, liegt auch die Schwierigkeit, warum das Studium derselben für das bürgerliche Leben noch immer so fruchtlos geblieben. Zwischen der heftigen Gemüthsbewegung des handelnden Menschen, und der ruhigen Stimmung des Lesers, welchem diese Handlung vorgelegt wird, herrscht ein so widriger Kontrast, liegt ein so breiter Zwischenraum, daß es dem leztern schwer, ja unmöglich wird, einen Zusammenhang nur zu ahnden. Es bleibt eine Lüke zwischen dem historischen Subjekt und dem Leser, die alle Möglichkeit einer Vergleichung oder Anwendung abschneidet, und statt jenes heilsamen Schrekens, der die stolze Gesundheit warnet, ein Kopfschütteln der Befremdung erwekt. Wir sehen den Unglüklichen, der doch in eben der Stunde, wo er die That begieng, so wie in der, wo er dafür büßet, Mensch war wie wir, für ein Geschöpf fremder Gattung an, dessen Blut anders umläuft, als das unsrige, dessen Wille andern Regeln gehorcht, als der unsrige; seine Schiksale rühren uns wenig, denn Rührung gründet sich ja nur auf ein dunkles Bewustseyn ähnlicher Gefahr, und wir sind weit entfernt eine solche Aehnlichkeit auch nur zu träumen. Die Belehrung geht mit der Beziehung verloren, und die Geschichte, anstatt eine Schule der Bildung [23] zu seyn, muß sich mit einem armseligen Verdienste um unsre Neugier begnügen.

Soll sie uns mehr seyn und ihren großen Zirkel umreichen, so muß sie nothwendig unter diesen beiden Methoden wählen – Entweder der Leser muß warm werden wie der Held, oder der Held wie der Leser erkalten.

Ich weiß, daß von den besten Geschichtschreibern neuerer Zeit und des Alterthums manche sich an die erste Methode gehalten, und das Herz ihres Lesers durch hinreißenden Vortrag bestochen haben. Aber diese Manier ist eine Usurpation des Schriftstellers und beleidigt die republikanische Freiheit des lesenden Publikums, dem es zukömmt, selbst zu Gericht zu sizen; sie ist zugleich eine Verlezung der Gränzengerechtigkeit, denn diese Methode gehört ausschließend und eigenthümlich dem Redner und Dichter. Dem Geschichtschreiber bleibt nur die leztere übrig.

Der Held muß kalt werden wie der Leser, oder, was hier eben soviel sagt, wir müssen mit ihm bekannt werden, *eh'* er handelt, wir müssen ihn seine Handlung nicht bloß *vollbringen*, sondern auch *wollen* sehen. An seinen Gedanken liegt uns unendlich mehr, als an seinen Thaten, und noch weit mehr an den Quellen dieser Gedanken, als an den Folgen jener Thaten. Man hat das Erdreich des Vesuvs untersucht, sich die Entstehung seines Brandes zu erklären, warum schenkt man einer moralischen Erscheinung weniger Aufmerksamkeit als einer phisischen? Warum [24] achtet man nicht in eben dem Grade auf die Beschaffenheit und Stellung der Dinge welche einen solchen Menschen umgaben, bis der gesammelte Zunder in seinem innwendigen Feuer fing? Den Träumer, der das Wunderbare liebt, reizt eben das seltsame und abentheuerliche einer solchen Erscheinung; der Freund der Wahrheit sucht eine Mutter zu diesen verlorenen Kindern. Er sucht sie in der *unveränderlichen* Struktur der menschlichen Seele, und in den *veränderlichen* Bedingungen, welche sie von außen bestimmten, und in diesen beiden findet er sie gewiß. Ihn überrascht es nun nicht mehr, in dem nämlichen Beete, wo sonst überall heilsame Kräuter blühen, auch den giftigen Schierling gedeihen zu sehen; Weißheit und Thorheit, Laster und Tugend in *einer* Wiege beisammen zu finden.
Wie manches Mädchen von feiner Erziehung würde seine Unschuld gerettet haben, wenn es früher gelernt hätte, seine gefallene Schwestern in den Häusern der Freude minder lieblos zu richten! Wie manche Familie, von einem elenden Hirngespinnst politischer Ehre zu Grund gerichtet, würde noch blühen, wenn sie den Baugefangenen, der seine Verschwendung zu büßen die Gassen säubert, um seine Lebensgeschichte hätte befragen wollen! Wenn ich auch keinen der Vortheile hier in Anschlag bringe, welche die Seelenkunde aus einer solchen Behandlungsart der Geschichte zieht, so behält sie schon allein darum den Vorzug, weil sie [25] den grausamen Hohn und die stolze Sicherheit ausrottet, womit gemeiniglich die ungeprüfte aufrechtstehende Tugend auf die gefalne herunter blikt, weil sie den sanften Geist der Duldung verbreitet, ohne welchen kein Flüchtling zurükkehrt, keine Aussöhnung des Gesezes mit seinem Beleidiger statt findet, kein angestektes Glied der Gesellschaft von dem gänzlichen Brande gerettet wird.

Ob der Verbrecher, von dem ich jezt sprechen werde, auch noch ein Recht gehabt hätte, an jenen Geist der Duldung zu appelliren? ob er wirklich ohne Rettung für den Körper des Staats verloren war? – Ich will dem Ausspruch des Lesers nicht vorgreifen. Unsre Gelindigkeit fruchtet ihm nichts mehr, denn er starb durch des Henkers Hand – aber die Leichenöfnung seines Lasters unterrichtet vielleicht die Menschheit, und – es ist möglich, auch die Gerechtigkeit.

Christian Wolf war der Sohn eines Gastwirths in einer …schen Landstadt (deren Namen man, aus Gründen die sich in der Folge aufklären, verschweigen mußte) und half seiner Mutter, denn der Vater war todt, bis in sein zwanzigstes Jahr die Wirthschaft besorgen. Die Wirthschaft war schlecht, und Wolf hatte müßige Stunden. Schon von der Schule her war er für einen losen Buben bekannt. Erwachsene Mädchen führten Klage über seine Frechheit, und die Jungen des

Städtgens huldigten seinem erfindrischen Kopfe. Die Natur hatte seinen Körper [26] verabsäumt. Eine kleine unscheinbare Figur, kraußes Haar von einer unangenehmen Schwärze, eine plattgedrükte Nase und eine geschwollene Oberlippe, welche noch überdies durch den Schlag eines Pferdes aus ihrer Richtung gewichen war, gaben seinem Anblik eine Widrigkeit, welche alle Weiber von ihm zurükscheuchte, und dem Wiz seiner Kameraden eine reichliche Nahrung bot. Die Verachtung seiner Person hatte früh seinen Stolz verwundet, und zündete endlich einen schleichenden Unmuth in seinem Herzen an, welcher nie mehr erloschen ist.

Er wollte ertrotzen, was ihm verweigert war; weil er misfiel, sezte er sich vor zu gefallen. Er war sinnlich, und beredete sich daß er liebe. Das Mädchen das er wählte, mishandelte ihn, er hatte Ursache zu fürchten, daß seine Nebenbuler glüklicher wären; doch das Mädchen war arm. Ein Herz, das seinen Betheurungen verschlossen blieb, öfnete sich vielleicht seinen Geschenken, aber ihn selbst drükte Mangel, und der eitle Versuch, seine Außenseite gelten zu machen, verschlang vollends das wenige, was er durch eine schlechte Wirthschaft erwarb. Zu bequem und zu unwissend, seinem zerrütteten Hauswesen durch Spekulation aufzuhelfen, zu stolz, auch zu weichlich den Herrn der er bisher gewesen war, mit dem Bauer zu vertauschen, und seiner angebeteten Freiheit zu entsagen, sah er nur einen Ausweg vor sich – den tausende vor ihm und nach ihm mit besserem Glücke ergriffen [27] haben – den Ausweg *honett* zu *stehlen.* Seine Vaterstadt gränzte an eine landesherrliche Waldung, er wurde Wilddieb, und der Ertrag seines Raubes wanderte treulich in die Hände seiner Geliebten.

Unter den Liebhabern Hannchens war *Robert*, ein Jägerpursche des Försters. Frühzeitig merkte dieser den Vortheil, den die Freigebigkeit seines Nebenbulers über ihn gewonnen hatte, und mit Scheelsucht forschte er nach den Quellen dieser Veränderung. Er zeigte sich fleißiger in der *Sonne* – diß war das Schild zu dem Wirthshaus – sein laurendes Auge von Eifersucht und Neide geschärft, entdekte ihm bald, woher dieses Geld floß. Nicht lange vorher war ein strenges Edikt gegen die Wildschüzen erneuert worden, welches den Uebertreter zum Zuchthauß verdammte. Robert war unermüdet, die geheimen Gänge seines Feinds zu beschleichen, endlich gelang es ihm auch, den Unbesonnenen über der That zu ergreifen. Wolf wurde eingezogen, und nur mit Aufopferung seines ganzen Vermögens brachte er es mühsam dahin, die zuerkannte Strafe durch eine Geldbuße abzuwenden.

Robert triumphierte. Sein Nebenbuler war aus dem Felde geschlagen, und Hannchens Gunst für den Bettler verloren. Wolf kannte seinen Feind, und dieser Feind war der glükliche Besizer seiner Johanne. Drükendes Gefühl des Mangels gesellte sich zu beleidigtem Stolze, Noth und Eifersucht stürmen vereinigt [28] auf seine Empfindlichkeit ein, der Hunger treibt ihn hinaus in die weite Welt, Rache und Leidenschaft halten ihn fest. Er wird zum zweitenmal Wilddieb, aber Roberts verdoppelte Wachsamkeit überlistet ihn zum zweitenmal wieder. Jezt erfährt er die ganze Schärfe des Gesezes: denn er hat nichts mehr zu geben, und in wenigen Wochen wird er in das Zuchthaus der Residenz abgeliefert.

Das Strafjahr war überstanden, seine Leidenschaft durch die Entfernung gewachsen, und sein Troz unter dem Gewicht des Unglüks gestiegen. Kaum erlangt er die Freiheit, so eilt er nach seinem Geburtsort, sich seiner Johanne zu zeigen. Er erscheint: man flieht ihn. Die dringende Noth hat endlich seinen Hochmut gebeugt, und seine Weichlichkeit überwunden – er bietet sich den Reichen des Orts an, und will für den Taglohn dienen. Der Bauer zukt über den schwachen Zärtling die Achsel; der derbe Knochenbau seines handvesten Mitbewerbers sticht ihn bei diesem fühllosen Gönner aus. Er wagt einen lezten Versuch. *Ein* Amt ist noch ledig, der äußerste verlorne Posten des ehrlichen Namens – er meldet sich zum Hirten des Städtgens, aber der Bauer will seine Schweine keinem Taugenichts anvertrauen. In allen Entwürfen getäuscht, an allen Orten zurükgewiesen, wird er zum drittenmal Wilddieb, und zum drittenmal trift ihn das Unglük seinem wachsamen Feind in die Hände zu fallen.

[**29**] Der doppelte Rükfall hatte seine Verschuldung erschwert. Die Richter sahen in das Buch der Geseze, aber nicht *einer* in die Gemüthsfassung des Beklagten. Das Mandat gegen die Wilddiebe bedurfte einer solennen und exemplarischen Genugthuung, und Wolf ward verurtheilt, das Zeichen des Galgens auf den Rüken gebrannt, drei Jahre auf der Vestung zu arbeiten.

Auch diese Periode verlief, und er gieng von der Vestung – aber ganz anders, als er dahin gekommen war. Hier fängt eine neue Epoche in seinem Leben an; man höre ihn selbst, wie er nachher gegen seinen geistlichen Beistand, und vor Gerichte bekannt hat. „Ich betrat die Vestung; sagte er, als ein Verirrter, und verließ sie als ein Lotterbube. Ich hatte noch etwas in der Welt gehabt das mir theuer war, und mein Stolz krümmte sich unter der Schande. Wie ich auf die Vestung gebracht war, sperrte man mich zu drei und zwanzig Gefangenen ein, unter denen zwei Mörder; und die übrigen alle berüchtigte Diebe und Vagabunden waren. Man verhöhnte mich, wenn ich von Gott sprach, und sezte mir zu, schändliche Lästerungen gegen den Erlöser zu sagen. Man sang mir Hurenlieder vor; die ich, ein lüderlicher Bube, nicht ohne Ekel und Entsezzen hörte, aber was ich ausüben sah, empörte meine Schamhaftigkeit noch mehr. Kein Tag vergieng, wo nicht irgend ein schändlicher Lebenslauf wiederholt, irgend ein schlimmer Anschlag [**30**] geschmiedet ward. Anfangs floh ich dieses Volk, und verkroch mich vor ihren Gesprächen, so gut mirs möglich war, aber ich brauchte ein Geschöpf, und die Barbarei meiner Wächter hatte mir auch meinen Hund abgeschlagen. Die Arbeit war hart und tirannisch, mein Körper kränklich, ich brauchte Beistand, und wenn ichs aufrichtig sagen soll, ich brauchte Bedaurung, und diese mußte ich mit dem lezten Ueberrest meines Gewissens erkaufen. So gewöhnte ich mich endlich an das abscheulichste, und im lezten Vierteljahr hatte ich meine Lehrmeister übertroffen.“

„Von iezt an lechzte ich nach dem Tag meiner Freiheit, wie ich nach Rache lechzte. Alle Menschen hatten mich beleidigt, denn alle waren besser und glüklicher als ich. Ich betrachtete mich als den Märtirer des natürlichen Rechts, und als ein Schlachtopfer der Geseze. Zähneknirrschend rieb ich meine Ketten, wenn die Sonne hinter meinem Vestungsberg heraufkam, eine weite Aussicht ist zwiefache Hölle für einen Gefangenen. Der freie Zugwind der durch die Luftlöcher meines Thurmes pfeifte, und die Schwalbe die sich auf dem eisernen Stab meines Gitters niederließ, schienen mich mit ihrer Freiheit zu neken, und machten mir meine Gefangenschaft desto gräßlicher. Damals gelobte ich unversöhnlichen glühenden Haß allem was dem Menschen gleicht, und was ich gelobte, hab ich redlich gehalten.“

[**31**] „Mein erster Gedanke, sobald ich mich frei sah, war meine Vaterstadt. So wenig auch für meinen künftigen Unterhalt da zu hoffen war, so viel versprach sich mein Hunger nach Rache. Mein Herz klopfte wilder, als der Kirchthurm von weitem aus dem Gehölze stieg. Es war nicht mehr das herzliche Wohlbehagen, wie ichs bei meiner ersten Wallfahrt empfunden hatte – Das Andenken alles Ungemachs, aller Verfolgungen die ich dort einst erlitten hatte, erwachte mit einemmal aus einem schreklichen Todesschlaf, alle Wunden bluteten wieder, alle Narben giengen auf. Ich verdoppelte meine Schritte, denn es erquikte mich im voraus, meine Feinde durch meinen plözlichen Anblik in Schreken zu sezen, und ich dürstete iezt eben so sehr nach neuer Erniedrigung, als ich ehmals davor gezittert hatte.“

„Die Gloken lauteten zur Vesper, als ich mitten auf dem Markte stand. Die Gemeine wimmelte zur Kirche. Man erkannte mich schnell, jedermann der mir aufstieß, trat scheu zurük. Ich hatte von jeher die kleinen Kinder sehr lieb gehabt, und auch iezt übermannte michs unwillkürlich, daß ich einem Knaben, der neben mir vorbeihüpfte, einen Groschen bot. Der Knabe sah mich einen Augenblik starr an, und warf mir den Groschen ins Gesichte. Wäre mein Blut nur etwas ruhiger gewesen, so hätte ich mich erinnert, daß der Bart den ich noch von der Vestung mitbrachte, meine Gesichtszüge bis zum gräßlichen entstellte – [32] aber mein böses Herz hatte meine Vernunft angestekt. Tränen, wie ich sie nie geweint hatte, liefen über meine Baken."

„Der Knabe weiß nicht wer ich bin noch woher ich komme, sagte ich halb laut zu mir selbst, und doch meidet er mich, wie ein schändliches Thier. Bin ich denn irgendwo auf der Stirne gezeichnet, oder habe ich aufgehört, einem Menschen ähnlich zu sehen, weil ich fühle, daß ich keinen mehr lieben kann?" – Die Verachtung dieses Knaben schmerzte mich bitterer, als dreijähriger Galliotendienst, denn ich hatte ihm Gutes gethan, und konnte *ihn* keines persönlichen Haßes beschuldigen."

„Ich sezte mich auf einen Zimmerplaz, der Kirche gegenüber, was ich eigentlich wollte, weiß ich nicht; doch ich weiß noch, daß ich mit Erbitterung aufstand, als von allen meinen vorübergehenden Bekannten keiner mich nur eines Grußes gewürdigt hatte, auch nicht einer. Unwillig verließ ich meinen Standort, eine Herberge aufzusuchen; als ich an der Eke einer Gaße umlenkte, rannte ich gegen meine Johanne. Sonnenwirth!" schrie sie laut auf, und machte eine Bewegung mich zu umarmen; „Du wieder da, lieber Sonnenwirth, Gott sei Dank, daß du wiederkömmst!" Hunger und Elend sprach aus ihrer Bedekung, eine schändliche Krankheit aus ihrem Gesichte, ihr Anblik verkündigte die verworfenste Kreatur, zu der sie erniedrigt war. Ich ahndete schnell, was hier geschehen seyn [33] möchte, einige fürstliche Dragoner, die mir eben begegnet waren, ließen mich errathen, daß Garnison in dem Städtchen lag. „Soldatendirne!" rief ich, und drehte ihr lachend den Rücken zu. Es that mir wohl, daß noch *ein* Geschöpf *unter* mir war im Rang der Lebendigen. Ich hatte sie niemals geliebt."

„Meine Mutter war todt. Mit meinem kleinen Hauße hatten sich meine Kreditoren bezahlt gemacht. Ich hatte niemand und nichts mehr. Alle Welt floh mich wie einen Giftigen, aber ich hatte endlich verlernt mich zu schämen. Vorher hatte ich mich dem Anblik der Menschen entzogen, weil Verachtung mir unerträglich war. Jezt drang ich mich auf, und ergözte mich sie zu verscheuchen. Es war mir wohl, weil ich nichts mehr zu verlieren, und nichts mehr zu hüten hatte. Ich brauchte keine gute Eigenschaft mehr, weil man keine mehr bei mir vermuthete. Man ließ mich Schandthaten büßen, die ich noch nicht begangen hatte; ich hatte noch schlechte Streiche bei dem Menschengeschlecht gut, weil ich im voraus dafür gelitten hatte. Meine Infamie war das niedergelegte Kapital, von dessen Zinsen ich noch lange Zeit schwelgen konnte."

„Die ganze Welt stand mir offen, ich hätte vielleicht in einer fremden Provinz für einen ehrlichen Mann gegolten, aber ich hatte den Muth verloren, es auch nur zu scheinen. Verzweiflung und Schande hatten mir endlich diese Sinnesart aufgezwungen. Es war die lezte Ausflucht die mir übrig war, die *Ehre* [34] entbehren zu lernen, weil ich an keine mehr Anspruch machen durfte. Hätten meine Eitelkeit und mein Stolz meine Infamie erlebt, so hätte ich mich selber entleiben müssen."

„Was ich nunmehr eigentlich beschlossen hatte, war mir selber noch unbekannt. Ich wollte Böses thun, soviel erinnere ich mich noch dunkel. Ich wollte mein Schiksal verdienen. Die Geseze, meinte ich, wären Wohlthaten für die Welt, also faßte ich den Vorsaz, sie zu verlezen; ehmals hatte ich aus *Nothwendigkeit* und *Leichtsinn* gesündigt, jezt that ichs aus freier Wahl zu meinem Vergnügen."

„Mein erstes war, daß ich mein Wildschießen fortsezte. Die Jagd überhaupt war mir nach und nach zur Leidenschaft geworden, und außerdem mußte ich ja leben. Aber dieß war es nicht allein; es kizelte mich das fürstliche Edikt zu verhöhnen und meinem Landesherrn nach allen Kräften zu schaden. Ergriffen zu werden, besorgte ich nicht mehr, denn jezt hatte ich eine Kugel für meinen Entdeker bereit, und das wußte ich, daß mein Schuß seinen Mann nicht fehlte. Ich erlegte alles Wild das mir aufstieß, nur weniges machte ich auf der Gränze zu Gelde, das meiste ließ ich verwesen. Ich lebte kümmerlich, um nur den Aufwand an Blei und Pulver zu bestreiten. Meine Verheerungen in der großen Jagd wurden ruchtbar, aber mich drükte kein Verdacht mehr. Mein Anblik löschte ihn aus. Mein Name war vergessen."

[35] „Diese Lebensart trieb ich mehrere Monate. Eines Morgens hatte ich nach meiner Gewohnheit das Holz durchstrichen, die Fährte eines Hirsches zu verfolgen. Zwei Stunden hatte ich mich vergeblich ermüdet, und schon fieng ich an, meine Beute verloren zu geben, als ich sie auf einmal in schußgerechter Entfernung entdeke. Ich will anschlagen und abdrüken – aber plözlich erschrökt mich der Anblik eines Hutes, der wenige Schritte vor mir auf der Erde liegt. Ich forsche genauer, und erkenne den Jäger Robert, der hinter dem diken Stamm einer Eiche auf eben das Wild anschlägt, dem ich den Schuß bestimmt hatte. Eine tödliche Kälte fährt bei diesem Anblik durch meine Gebeine. Just das war der Mensch, den ich unter allen lebendigen Dingen am gräßlichsten haßte, und dieser Mensch war in die Gewalt meiner Kugel gegeben. In diesem Augenblik dünkte michs, als ob die ganze Welt in meinem Flintenschuß läge, und der Haß meines ganzen Lebens in die einzige Fingerspize sich zusammendrängte, womit ich den mördrischen Druk thun sollte. Eine unsichtbare fürchterliche Hand schwebte über mir, der Stunden-Weiser meines Schiksals zeigte unwiderruflich auf diese schwarze Minute. Der Arm zitterte mir, da ich meiner Flinte die schrekliche Wahl erlaubte – meine Zähne schlugen zusammen wie im Fieberfrost, und der Odem sperrte sich erstikend in meiner Lunge. Eine Minute lang blieb der Lauf meiner Flinte ungewiß zwischen dem Menschen und dem Hirsch mitten inne schwanken – eine Minute – und noch eine – und [36] wieder eine. Rache und Gewissen rangen hartnäkig und zweifelhaft, aber die Rache gewanns, und der Jäger lag todt am Boden."

„Mein Gewehr fiel mit dem Schuße ..... *Mörder* ... stammelte ich langsam – der Wald war still wie ein Kirchhof – ich hörte deutlich, daß ich*Mörder* sagte. Als ich näher schlich, starb der Mann. Lange stand ich sprachlos vor dem Todten, ein helles Gelächter endlich machte mir Luft. „Wirst du jezt reinen Mund halten, guter Freund!" sagte ich, und trat kek hin, indem ich zugleich das Gesicht des Ermordeten auswärts kehrte. Die Augen standen ihm weit auf. Ich wurde ernsthaft, und schwieg plözlich wieder stille. Es fieng mir an, seltsam zu werden."

„Biß hieher hatte ich auf Rechnung meiner Schande gefrevelt, jezt war etwas geschehen, wofür ich noch nicht gebüßt hatte. Eine Stunde vorher, glaube ich, hätte mich kein Mensch überredet, daß es noch etwas schlechteres, als mich, unter dem Himmel gebe; jezt fieng ich an zu muthmaßen, daß ich vor einer Stunde wol gar zu beneiden war."

„Gottes Gerichte fielen mir nicht ein – wohl aber eine, ich weiß nicht welche? verwirrte Erinnerung an Strang und Schwerd, und die Exekution einer Kindermörderin, die ich als Schuljunge mit angesehen hatte. Etwas ganz besonders schrekbares lag für mich in dem Gedanken, daß von jezt an mein Leben verwirkt sei. [37] Auf mehreres besinne ich mich nicht mehr. Ich wünschte gleich darauf, daß er noch lebte. Ich that mir Gewalt an, mich lebhaft an alles Böse zu erinnern, das mir der Todte im Leben zugefügt hatte, aber sonderbar! mein Gedächtniß war wie ausgestorben. Ich konnte nichts mehr von alle dem hervorrufen, was mich vor einer Viertelstunde zum Rasen gebracht hatte. Ich begriff gar nicht, wie ich zu dieser Mordthat gekommen war."

„Noch stand ich vor der Leiche, noch immer. Das Knallen einiger Peitschen, und das Geknarre von Frachtwagen, die durchs Holz fuhren, brachte mich zu mir selbst. Es war kaum eine Viertelmeile abseits der Heerstraße, wo die That geschehen war. Ich mußte auf meine Sicherheit denken.“

„Unwillkürlich verlor ich mich tiefer in den Wald. Auf dem Wege fiel mir ein, daß der Entleibte sonst eine Taschenuhr besessen hätte. Ich brauchte Geld, um die Gränze zu erreichen – und doch fehlte mir der Muth, nach dem Plaz umzuwenden, wo der Todte lag. Hier erschrökte mich ein Gedanke an den Teufel, und eine Allgegenwart Gottes. Ich raffte meine ganze Kühnheit zusammen; entschlossen, es mit der ganzen Hölle aufzunehmen, gieng ich nach der Stelle zurük. Ich fand, was ich erwartet hatte, und in einer grünen Börse noch etwas weniges über einen Thaler an Gelde. Eben da ich beides zum mir steken wollte, hielt ich plözlich inn, und überlegte. Es war keine Anwandlung [38] von Schaam, auch nicht Furcht, mein Verbrechen durch Plünderung zu vergrößern – Troz, glaube ich, war es, daß ich die Uhr wieder von mir warf, und von dem Gelde nur die Hälfte behielt. Ich wollte für einen persönlichen Feind des Erschoßenen, aber nicht für seinen Räuber gehalten sein.“

„Jezt floh ich waldeinwärts. Ich wußte, daß das Holz sich vier deutsche Meilen nordwärts erstrekte, und dort an die Gränzen des Landes stieß. Biß zum hohen Mittage lief ich athemlos. Die Eilfertigkeit meiner Flucht hatte meine Gewißensangst zerstreut, aber sie kam schreklicher zurük, wie meine Kräfte mehr und mehr ermatteten. Tausend gräßliche Gestalten giengen an mir vorüber, und schlugen wie schneidende Messer in meine Brust. Zwischen einem Leben voll rastloser Todesfurcht, und einer gewaltsamen Entleibung, war mir jezt eine schrekliche Wahl gelassen, und ich *mußte* wählen. Ich hatte das Herz nicht, durch Selbstmord aus der Welt zu gehn, und entsezte mich vor der Aussicht, darinn zu bleiben. Geklemmt zwischen die gewiße Quaalen des Lebens, und die ungewiße Schreken der Ewigkeit, gleich faig zu leben und zu sterben brachte ich die sechste Stunde meiner Flucht dahin, eine Stunde voll gepreßt von Quaalen, wovon noch kein lebendiger Mensch zu erzählen weiß, die mir Gottes Barmherzigkeit auf dem Rabensteine erlassen wird.“

„In mich gekehrt und langsam, ohne mein Wißen den Hut tief ins Gesicht gedrükt, als ob mich das vor [39] dem Auge der leblosen Natur hätte unkenntlich machen sollen, hatte ich unvermerkt einen schmalen Fußsteig verfolgt, der mich durch das dunkelste Dikigt führte – als plözlich eine rauhe befehlende Stimme vor mir her Halt! rufte. Die Stimme war ganz nahe, meine Zerstreuung und der heruntergedrükte Hut hatten mich verhindert um mich herum zu schauen. Ich schlug die Augen auf, und sah einen wilden Mann auf mich zu kommen, der eine große knotigte Keule trug. Seine Figur gieng ins Riesenmäßige – meine erste Bestürzung wenigstens hatte mich des glauben gemacht – und die Farbe seiner Haut war von einer gelben Mulattenschwärze, woraus das weiße eines schielenden Auges biß zum Graßen hervortrat. Er hatte statt eines Gurts ein dikes Sail zweifach um einen grünen wollenen Rok geschlagen, worinn ein breites Schlachtmesser bei einer Pistole stak. Der Ruf wurde wiederholt, und ein kräftiger Arm hielt mich fest. Der Laut eines Menschen hatte mich in Schreken gejagt, aber der Anblick eines Bösewichts gab mir Herz. In der Lage worinn ich jezt war, hatte ich Ursache vor jedem redlichen Mann, aber keine mehr vor einem Schurken zu zittern.“

„Wer da? sagte diese Erscheinung.

„Deines gleichen, war meine Antwort, wenn du *der* wirklich bist, dem du gleich siehst.

„Dahinaus geht der Weg nicht. Was hast du hier zu suchen?

„Was hast du hier zu fragen? versezte ich trozig.

[40] „Der Mann betrachtete mich zweimal vom Fuß bis zum Wirbel. Es schien, als ob er meine Figur gegen die seinige, und meine Antwort gegen meine Figur halten wollte – Du sprichst brutal wie ein Bettler, sagte er endlich."

„Das mag sein. Ich bins noch gestern gewesen."

Der Mann lachte. Man sollte drauf schwören, rief er, du woltest auch noch jezt für nichts bessers gelten.

„Für etwas schlechteres also – Ich wollte weiter."

„Sachte Freund. Was jagt dich denn so? Was hast du für Zeit zu verlieren?"

„Ich besann mich einen Augenblick. Ich weiß nicht, wie mir das Wort auf die Zunge kam. Das Leben ist kurz, sagte ich langsam, und die Hölle währt ewig."

„Er sah mich stier an. Ich will verdammt seyn, sagte er endlich, oder du bist irgend an einem Galgen hart vorbeygestreift."

„Das mag wohl noch kommen. Also auf *Wiedersehen*, Kamerade!"

„Topp *Kamerade*! – schrie er, indem er eine zinnerne Flasche aus seiner Jagdtasche hervorlangte, einen kräftigen Schluk daraus that, und mir sie reichte. Flucht und Beängstigung hatten meine Kräfte aufgezehrt, und diesen ganzen entsezlichen Tag war noch nichts über meine Lippen gekommen. Schon fürchtete ich in dieser Waldgegend zu verschmachten, wo auf drei [41] Meilen in der Runde kein Labsal für mich zu hoffen war. Man urtheile, wie froh ich auf diese angebotne Gesundheit Bescheid that. Neue Kraft floß mit diesem Erquiktrunk in meine Gebeine, und frischer Muth in mein Herz, und Hoffnung und Liebe zum Leben. Ich fieng an zu glauben, daß ich doch wol nicht ganz elend wäre, soviel konnte dieser willkommene Trank. Ja ich bekenne es, mein Zustand gränzte wieder an einen glüklichen, denn endlich, nach tausend fehlgeschlagenen Hoffnungen endlich, hatte ich eine Kreatur angetroffen, die mir ähnlich schien. In dem Zustande, worein ich versunken war, hätte ich mit dem höllischen Geiste Kameradschaft getrunken, um einen Vertrauten zu haben."

„Der Mann hatte sich aufs Gras hingestrekt, ich that ein Gleiches.

„Dein Trunk hat mir wohl gethan, sagte ich. Wir müssen bekannter werden."

„Er schlug Feuer seine Pfeiffe zu zünden."

„Treibst du das Handwerk schon lange?"

„Er sah mich fest an. Was wilst du damit sagen?"

„War *das* schon oft blutig? Ich zog das Messer aus seinem Gürtel."

„Wer bist du? sagte er schröklich und legte die Pfeiffe von sich."

„Ein Mörder wie du – aber nur erst ein Anfänger."

„Der Mann sah mich steif an, und nahm seine Pfeiffe wieder."

[42] „Du bist nicht hier zu Hauße, sagte er endlich?"

„Drei Meilen von hier. Der Sonnenwirth in L ..... wenn du von mir gehört hast."

„Der Mann sprang auf wie ein Beseßner. Der Wildschüze Wolf? schrie er hastig."

„Der nämliche."

„Willkommen Kamerad! Willkommen! rief er und schüttelte mir kräftig die Hände. Das ist brav, daß ich dich endlich habe, Sonnenwirth. Jahr und Tag schon sinn ich darauf, dich zu kriegen. Ich kenne dich recht gut. Ich weiß um alles. Ich habe lange auf dich gerechnet."

„Auf mich gerechnet? Wozu denn?"

„Die ganze Gegend ist voll von dir. Du hast Feinde, ein Amtmann hat dich gedrükt, Wolf. Man hat dich zu Grunde gerichtet, himmelschreiend ist man mit dir umgegangen."

„Der Mann wurde hizig – Weil du ein paar Schweine geschossen hast, die der Fürst auf unsern Aekern und Feldern füttert, haben sie dich Jahre lang im Zuchthauß und auf der Vestung herumgezogen, haben sie dich um Hauß und Wirthschaft bestohlen, haben sie dich zum Bettler gemacht. Ist es dahin gekommen, Bruder, daß der Mensch nicht mehr gelten soll als ein Haase? Soll ein Unterthan des Fürsten für eine wilde Sau des Fürsten zum Geisel dienen? Sind wir nicht besser, als das Vieh auf dem Felde? – Und ein Kerl wie du konnte das dulden?"

[43] „Konnt' ichs ändern?"

„Das werden wir ja wohl sehen. Aber sage mir doch, woher kömmst du denn jezt, und was führst du im Schilde?"

„Ich erzählte ihm meine ganze Geschichte. Der Mann, ohne abzuwarten, bis ich zu Ende war, sprang mit froher Ungeduld auf, und mich zog er nach. Komm Bruder Sonnenwirth, sagte er, *jezt* bist du *reif*, jezt hab ich dich, wo ich dich brauchte. Ich werde Ehre mit dir einlegen. Folge mir."

„Wo willst du mich hinführen?"

„Frage nicht lange. Folge! – Er schleppte mich mit Gewalt fort."

„Wir waren eine kleine Viertelmeile gegangen. Der Wald wurde immer abschüßiger, unwegsamer und wilder, keiner von uns sprach ein Wort, bis mich endlich die Pfeiffe meines Führers aus meinen Betrachtungen aufschrökte. Ich schlug die Augen auf, wir standen am schroffen Absturz eines Felsen, der sich in eine tiefe Kluft hinunterbükte. Eine zwote Pfeiffe antwortete aus dem innersten Bauche des Felsen, und eine Leiter kam, wie von sich selbst, langsam aus der Tiefe gestiegen. Mein Führer kletterte zuerst hinunter, mich hieß er warten, bis er wieder käme. Erst muß ich den Hund an Ketten legen lassen, sezte er hinzu, du bist hier fremd, die Bestie würde dich zerreißen. Damit gieng er."

„Jezt stand ich *Allein* vor dem Abgrund, und ich wußte recht gut, daß ich allein war. Die Unvorsichtigkeit meines Führers entgieng meiner Aufmerksamkeit [44] nicht. Es hätte mich nur einen beherzten Entschluß gekostet, die Leiter heraufzuziehen, so war ich frei, und meine Flucht war gesichert. Ich gestehe, daß ich das einsah. Ich sah in den Schlund hinab, der mich jezt aufnehmen sollte, es erinnerte mich dunkel an den Abgrund der Hölle, woraus keine Erlösung mehr ist. Mir fieng an vor der Laufbahn zu schaudern, die ich nunmehr betreten wollte, nur eine schnelle Flucht konnte mich retten. Ich beschließe diese Flucht – schon streke ich den Arm nach der Leiter aus – aber auf einmal donnerts in meinen Ohren, es umhallt mich wie Hohngelächter der Hölle: *„Was hat ein Mörder zu wagen?"* – und mein Arm fällt gelähmt zurük. Meine Rechnung war völlig, die Zeit der Reue war dahin, mein begangener Mord lag hinter mir aufgethürmt wie ein Fels, und sperrte meine Rükkehr auf ewig. Zugleich erschien auch mein Führer wieder, und kündigte mir an, daß ich kommen sollte. Jezt war ohnehin keine Wahl mehr. Ich kletterte hinunter."

„Wir waren wenige Schritte unter der Felsmauer weggegangen, so erweiterte sich der Grund, und einige Hütten wurden sichtbar. Mitten zwischen diesen öfnete sich ein runder Rasenplaz, auf welchem sich eine Anzahl von achtzehn bis zwanzig Menschen um ein Kohlfeuer gelagert hatte. Hier Kameraden, sagte mein Führer, und stellte mich mitten in den Krais. Unser Sonnenwirth! heißt ihn willkommen!"

„Sonnenwirth! schrie alles zugleich, und alles fuhr auf, und drängte sich um mich her, Männer und [45] Weiber. Soll ichs gestehn? Die Freude war ungeheuchelt und herzlich, Vertrauen, Achtung sogar erschien auf jedem Gesichte, dieser drükte mir die Hand, jener schüttelte mich vertraulich am Kleide, der Auftritt war wie das Wiedersehen eines alten Bekannten, der einem werth ist. Meine Ankunft hatte den Schmauß unterbrochen, der eben anfangen sollte. Man sezte ihn sogleich fort, und nöthigte mich, den Willkomm zu trinken. Wildpret aller Art war die Malzeit, und die Weinflasche wanderte unermüdet von Nachbar zu Nachbar. Wohlleben und Einigkeit schien die ganze Bande zu beseelen, und alles wetteiferte seine Freude über mich zügelloser an den Tag zu legen."

„Man hatte mich zwischen zwo Weibspersonen sizen lassen, welches der Ehrenplaz an der Tafel war. Ich erwartete den Auswurf ihres Geschlechts, aber wie groß war meine Verwunderung, als ich unter dieser schändlichen Rotte die schönste weibliche Gestalten entdekte, die mir jemals vor Augen gekommen. Margarete die älteste und schönste von beiden ließ sich Jungfer nennen, und konnte kaum fünf und zwanzig seyn. Sie sprach sehr frech, und ihre Gebärden sagten noch mehr. Marie die jüngere war verheurathet, aber einem Manne entlaufen, der sie mishandelt hatte. Sie war feiner gebildet, sah aber blaß aus und schmächtig, und fiel weniger ins Auge als ihre feurige Nachbarin. Beide Weiber eiferten auf einander, meine Begierden zu entzünden, die schöne Margarete kam meiner Blödigkeit [46] durch freche Scherze zuvor, aber das ganze Weib war mir zuwider, und mein Herz hatte die schüchterne Marie auf immer gefangen."

„Du siehst Bruder Sonnenwirth, fieng der Mann jezt an, der mich hergebracht hatte, du siehst, wie wir unter einander leben, und jeder Tag ist dem heutigen gleich. Nicht wahr Kameraden?"

„Jeder Tag wie der heutige," wiederholte die ganze Bande."

„Kannst du dich also entschließen, an unserer Lebensart Gefallen zu finden, so schlag ein und sei unser Anführer. Biß jezt bin *ich* es gewesen, aber *dir* will ich weichen. Seid ihrs zufrieden, Kameraden?"

„Ein fröhliches *Ja!* antwortete aus allen Kehlen."

„Mein Kopf glühte, mein Gehirne war betäubt, von Wein und Wollust siedete mein Blut. Die Welt hatte mich ausgeworfen wie einen Verpesteten – hier fand ich brüderliche Aufnahme, Wohlleben und Ehre. Welche Wahl ich auch treffen wollte, so erwartete mich *Tod*; hier aber konnte ich wenigstens mein Leben für einen höheren Preiß verkaufen. Wollust war meine wütendste Neigung, das andere Geschlecht hatte mir biß jezt nur Verachtung bewiesen, hier erwarteten mich Gunst und zügellose Vergnügungen. Mein Entschluß kostete mich wenig. „Ich bleibe bei *euch* Kameraden, rief ich laut mit Entschlossenheit, und trat mitten unter [47] die Bande, ich bleibe bei euch, rief ich nochmals, wenn ihr mir meine schöne Nachbarin abtretet." – Alle kamen überein, mein Verlangen zu bewilligen, ich war erklärter Eigenthümer einer Hure, und das Haupt einer Diebesbande."

Den folgenden Theil der Geschichte übergehe ich ganz, das bloß abscheuliche hat nichts unterrichtendes für den Leser. Ein Unglüklicher, der biß zu dieser Tiefe herunter sank, mußte sich endlich alles erlauben was die Menschheit empört – aber einen zweiten Mord begieng er nicht mehr, wie er selbst auf der Folter bezeugte.

Der Ruf dieses Menschen verbreitete sich in kurzem durch die ganze Provinz. Die Landstraßen wurden unsicher, nächtliche Einbrüche beunruhigten den Bürger, der Name des Sonnenwirths wurde der Schröken des Landvolks, die Gerechtigkeit suchte ihn auf, und eine Prämie wurde auf seinen Kopf gesezt. Er war so glüklich, jeden Anschlag auf seine Freiheit zu vereiteln, und verschlagen genug den Aberglauben des wundersüchtigen Bauren zu seiner Sicherheit zu benuzen. Seine Gehilfen mußten aussprengen, er habe einen Bund mit dem Teufel gemacht, und könne hexen. Der Distrikt, auf welchem er seine Rolle spielte, gehörte damals noch weniger als jezt zu den aufgeklärten Deutschlands, man glaubte diesem Gerüchte und seine Person war gesichert. Niemand zeigte Lust, mit dem gefährlichen Kerl anzubinden, dem der Teufel zu Diensten stund.

[48] Ein Jahr schon hatte er das traurige Handwerk getrieben, als es anfieng ihm unerträglich zu werden. Die Rotte an deren Spize er sich gestellt hatte, erfüllte seine glänzenden Erwartungen nicht. Eine verführerische Außenseite hatte ihn damals im Taumel des Weines geblendet, jezt wurde er mit Schreken gewahr, wie abscheulich man ihn hintergangen hatte. Hunger und Mangel traten an die Stelle des Ueberflußes, womit man ihn eingewiegt hatte; sehr oft mußte er sein Leben an eine Mahlzeit wagen, die kaum hinreichte, ihn vor dem Verhungern zu schüzen. Das Schattenbild jener brüderlichen Eintracht verschwand, Neid und Argwohn, zwo scheußliche Harpyen, wüteten im Herzen dieser verworfenen Bande. Die Gerechtigkeit hatte demjenigen, der ihn lebendig ausliefern würde, Belohnung, und wenn es ein Mitschuldiger wäre, noch eine feierliche Begnadigung zugesagt – eine mächtige Versuchung für den Auswurf der Erde! Der Unglükliche kannte seine Gefahr. Die Redlichkeit derjenigen, die Menschen und Gott verriethen, war ein schlechtes Unterpfand seines Lebens. Sein Schlaf war, von jezt an dahin, ewige Todesangst zerfraß seine Ruhe, das gräßliche Gespenst des Argwohns raßelte hinter ihm wo er hinfloh, peinigte ihn, wenn er wachte, bettete sich neben ihm, wenn er schlafen gieng, und schrökte ihn in entsezlichen Träumen. Das verstummte Gewissen gewann zugleich seine Sprache wieder, und die schlafende Natter der Reue wachte bei diesem allgemeinen Sturm seines Busens auf. Sein ganzer Haß [49] wandte sich jezt von der Menschheit, und kehrte seine schrekliche Schneide gegen ihn selber. Er vergab jezt der ganzen Natur, und fand niemand, als sich allein zu verfluchen.

Das Laster hatte seinen Unterricht an dem Unglüklichen vollendet, sein natürlich guter Verstand siegte endlich über die traurige Täuschung. Jezt fühlte er, wie tief er gefallen war, eine tiefe Schwermut trat an die Stelle knirrschender Verzweiflung. Er wünschte mit Tränen die Vergangenheit zurück, jezt wußte er gewiß, daß er sie ganz anders wiederholen würde. Er fieng an zu hoffen, daß er noch rechtschaffen werden *dürfte,* weil er bei sich empfand, duß er es *könnte.* Auf dem höchsten Gipfel seiner Verschlimmerung war er dem Guten näher, als er vielleicht vor seinem ersten Fehltritt gewesen war.

Um eben diese Zeit war der siebenjährige Krieg ausgebrochen, und die Werbungen giengen stark. Der Unglükliche schöpfte Hoffnung von diesem Umstand, und schrieb einen Brief an seinen Landesherrn, den ich auszugsweise hier einrüke.

„Wenn Ihre fürstliche Huld sich nicht ekelt, bis zu *mir* herunter zu steigen, wenn Verbrecher *meiner* Art nicht außerhalb Ihrer Erbarmung liegen, so gönnen *Sie* mir Gehör, durchlauchtigster Oberherr. Ich bin Mörder und Dieb, das Gesez verdammt mich zum Tode, die Gerichte[50] suchen mich auf – und ich biete mich an, mich freiwillig zu stellen. Aber ich bringe zugleich eine seltsame Bitte vor Ihren Thron. Ich verabscheue mein Leben, und fürchte den Tod nicht, aber schrecklich ist mirs zu sterben, ohne gelebt zu haben. Ich möchte leben, um einen Theil des Vergangenen gut zu machen; ich möchte leben, um den Staat zu versöhnen den ich beleidigt habe. Meine Hinrichtung wird ein Beispiel seyn für die Welt, aber kein Ersaz meiner

Thaten. Ich haße das Laster, und sehne mich feurig nach Rechtschaffenheit und Tugend. Ich habe Fähigkeiten gezeigt, meinem Vaterland furchtbar zu werden, ich hoffe, daß mir noch einige übrig geblieben sind, ihm zu nüzen."

„Ich weiß, daß ich etwas unerhörtes begehre. Mein Leben ist verwirkt, mir steht es nicht an, mit der Gerechtigkeit Unterhandlung zu pflegen. Aber ich erscheine nicht in Ketten und Banden vor Ihnen – noch bin ich frei – und meine Furcht hat den kleinsten Antheil an meiner Bitte."

„Es ist *Gnade* um was ich flehe. Einen Anspruch auf Gerechtigkeit, wenn ich auch einen hätte, wage ich nicht mehr gelten zu machen – Doch an etwas darf ich meinen Richter erinnern. „Die Zeitrechnung meiner Verbrechen fängt mit dem Urtheilspruch an, der mich auf immer um [51] meine Ehre brachte." Wäre mir damals die Billigkeit minder versagt worden, so würde ich jezt vielleicht keiner Gnade bedürfen."

„Lassen *Sie* Gnade für Recht ergehen mein Fürst. Wenn es in Ihrer fürstlichen Macht steht, das Gesez für mich zu erbitten, so schenken Sie mir das Leben. Es soll Ihrem Dienste von nun an gewidmet seyn. Wenn *Sie* es können, so lassen *Sie* mich Ihren gnädigsten Willen aus öffentlichen Blättern vernehmen, und ich werde mich auf Ihr fürstliches Wort in der Hauptstadt stellen. Haben Sie es anders mit mir beschlossen, so thue die Gerechtigkeit denn das ihrige, ich muß das meinige thun."

Diese Bittschrift blieb ohne Antwort, wie auch eine zwote und dritte, worinn der Supplikant um eine Reuterstelle im Dienste des Fürsten bat. Seine Hoffnung zu einem Pardon erlosch gänzlich, er faßte also den Entschluß aus dem Land zu fliehen, und im Dienste des Königs von Preußen als ein braver Soldat zu sterben.

Er entwischte glüklich seiner Bande, und trat diese Reise an. Der Weg führte ihn durch eine kleine Landstadt, wo er übernachten wollte. Kurze Zeit vorher waren durch das ganze Land geschärftere Mandate zu strenger Untersuchung der Reisenden ergangen, weil der Landesherr, ein Reichsfürst, im Kriege Parthei [52] genommen hatte. Einen solchen Befehl hatte auch der Thorschreiber dieses Städtgens, der auf einer Bank vor dem Schlage saß, als der Sonnenwirth geritten kam. Der Aufzug dieses Mannes hatte etwas poßierliches, und zugleich etwas schrekliches und wildes. Der hagre Klepper, den er ritt, und die burleske Wahl seiner Kleidungsstüke, wobei wahrscheinlich weniger sein Geschmak als die Chronologie seiner Entwendungen zu Rath gezogen war, kontrastierte seltsam genug mit einem Gesicht, worauf so viele wüthende Affekte, gleich den verstümmelten Leichen auf einem Wahlplaz, verbreitet lagen. Der Thorschreiber stuzte beim Anblik dieses seltsamen Wanderers. Er war am Schlagbaum grau geworden, und eine vierzigjährige Amtsführung hatte in ihm einen unfehlbaren Phisiognomen aller Landstreicher erzogen. Der Falkenblik dieses Spürers verfehlte auch hier seinen Mann nicht. Er sperrte sogleich das Stadtthor, und foderte dem Reuter den Paß ab, indem er sich seines Zügels versicherte. Wolf war auf Fälle dieser Art vorbereitet, und führte auch wirklich einen Paß bei sich, den er ohnlängst von einem geplünderten Kaufmann erbeutet hatte. Aber dieses einzelne Zeugniß war nicht genug, eine vierzigjährige Observanz umzustoßen, und das Orakel am Schlagbaum zu einem Widerruf zu bewegen. Der Thorschreiber glaubte seinen Augen mehr als diesem Papiere, und Wolf war genöthigt ihm nach dem Amthauß zu folgen.

[53] Der Oberamtmann des Orts untersuchte den Paß, und erklärte ihn für richtig. Er war ein starker Anbeter der Neuigkeit, und liebte besonders bei einer Bouteille über die Zeitung zu plaudern. Der Paß sagte ihm, daß der Besizer geradeswegs aus den feindlichen Ländern käme, wo der Schauplaz des Krieges war. Er hofte Privatnachrichten aus dem Fremden

herauszuloken, und schikte einen Sekretair mit dem Paß zurük, ihn auf eine Flasche Wein einzuladen.

Unterdessen hält der Sonnenwirth vor dem Amthauß; das lächerliche Schauspiel hat den Janhagel des Städtgens schaarenweiß um ihn her versammelt. Man murmelt sich in die Ohren, deutet wechselsweis auf das Roß und den Reuter, der Muthwille des Pöbels steigt endlich bis zu einem lauten Tumult. Unglüklicherweise war das Pferd, worauf jezt alles mit Fingern wies, ein geraubtes; er bildet sich ein, das Pferd sey in Stekbriefen beschrieben und erkannt. Die unerwartete Gastfreundlichkeit des Oberamtmanns vollendet seinen Verdacht. Jezt hält er's für ausgemacht, daß die Betrügerei seines Paßes verrathen, und diese Einladung nur die Schlinge sey, ihn lebendig und ohne Widersezung zu fangen. Böses Gewissen macht ihn zum Dummkopf, er giebt seinem Pferde die Sporen, und rennt davon, ohne Antwort zu geben.

Diese plözliche Flucht ist die Losung zum Aufstand. „Ein Spizbube:" ruft alles, und alles stürzt hinter ihm her. Dem Reuter gilt es um Leben und [54] Tod, er hat schon den Vorsprung, seine Verfolger keuchen athemlos nach, er ist seiner Rettung nahe – aber eine schwere Hand drükt unsichtbar gegen ihn, die Uhr seines Schiksals ist abgelaufen, die unerbittliche Nemesis hält ihren Schuldner an. Die Gaße, der er sich anvertraute, endigt in einem Sak, er muß rükwärts gegen seine Verfolger umwenden.

Der Lerm dieser Begebenheit hat unterdessen das ganze Städtgen in Aufruhr gebracht, Haufen sammeln sich zu Haufen, alle Gaßen sind gesperrt, ein Heer von Feinden kömmt im Anmarsch gegen ihn her. Er zeigt eine Pistole, das Volk weicht, er will sich mit Macht einen Weg durchs Gedränge bahnen. „Dieser Schuß, ruft er, soll dem Tollkühnen, der mich halten will." – Die Furcht gebietet eine allgemeine Pause – ein beherzter Schloßergeselle endlich fällt ihm von hinten her in den Arm, und faßt den Finger, womit der Rasende eben losdrüken will, und drükt ihn aus dem Gelenke. Die Pistole fällt, der wehrlose Mann wird vom Pferde herabgerissen, und im Triumphe nach dem Amthauß zurük geschleppt.

„Wer seyd ihr? frägt der Richter mit ziemlich brutalem Ton."

„Ein Mann, der entschlossen ist, auf keine Frage zu antworten, bis man sie höflicher einrichtet."

„Wer sind *Sie*?"

[55] „Für was ich mich ausgab. Ich habe ganz Deutschland durchreist, und die Unverschämtheit nirgends, als hier, zu Haußе gefunden."

„Ihre schnelle Flucht macht sie sehr verdächtig. Warum flohen sie?"

„Weil ich's müde war, der Spott ihres Pöbels zu seyn."

„Sie drohten, Feuer zu geben."

„Meine Pistole war nicht geladen." Man untersuchte das Gewehr, es war keine Kugel darinn.

„Warum führen sie heimliche Waffen bei sich?"

„Weil ich Sachen von Werth bei mir trage, und weil man mich vor einem gewissen Sonnenwirth gewarnt hat, der in diesen Gegenden streifen soll."

„Ihre Antworten beweisen sehr viel für ihre Dreistigkeit, aber nichts für ihre gute Sache. Ich gebe ihnen Zeit bis morgen, ob sie mir die Wahrheit entdeken wollen."

„Ich werde bei meiner Aussage bleiben."

„Man führe ihn nach dem Thurm."

„Nach dem Thurm? – Herr Oberamtmann, ich hoffe, es giebt noch Gerechtigkeit in diesem Lande. Ich werde Genugthuung fodern.“

[56] „Ich werde sie ihnen geben, sobald sie gerechtfertigt sind.“

Den Morgen darauf überlegte der Oberamtmann, der Fremde möchte doch wol unschuldig seyn, die befehlshaberische Sprache würde nichts über seinen Starrsinn vermögen, es wäre vielleicht besser gethan, ihm mit Anstand und Mäßigung zu begegnen. Er versammelte die Geschwornen des Orts, und ließ den Gefangenen vorführen.

„Verzeihen sie es der ersten Aufwallung, mein Herr, wenn ich sie gestern etwas hart anließ.“

„Sehr gern, wenn sie mich so fassen.“

„Unsre Geseze sind strenge, und ihre Begebenheit machte Lerm. Ich kann sie nicht frei geben, ohne meine Pflicht zu verlezen. Der Schein ist gegen sie. Ich wünschte, sie sagten mir etwas, wodurch er widerlegt werden könnte.“

„Wenn ich nun nichts wüßte?“

„So muß ich den Vorfall an die Regierung berichten, und sie bleiben so lang in fester Verwahrung.“

„Und dann?“

„Dann laufen sie Gefahr, als ein Landstreicher über die Gränze gepeitscht zu werden, oder wenns gnädig geht, unter die Werber zu fallen.“

[57] Er schwieg einige Minuten, und schien einen heftigen Kampf zu kämpfen; dann drehte er sich rasch zu dem Richter.

„Kann ich auf eine Viertelstunde mit ihnen allein seyn?“

Die Geschwornen sahen sich zweideutig an, entfernten sich aber auf einen gebietenden Wink ihres Herrn.

„Nun, was verlangen sie?“

„Ihr gestriges Betragen, Herr Oberamtmann, hätte mich nimmermehr zu einem Geständniß gebracht, denn ich troze der Gewalt. Die Bescheidenheit, womit sie mich heute behandeln, hat mir Vertrauen und Achtung gegen sie gegeben. Ich glaube, daß sie ein edler Mann sind.“

„Was haben sie mir zu sagen?“

„Ich sehe, daß sie ein edler Mann sind. Ich habe mir längst einen Mann gewünscht wie sie. Erlauben sie mir Ihre rechte Hand.“

„Wo will das hinaus?“

„Dieser Kopf ist grau und ehrwürdig. Sie sind lang in der Welt gewesen – haben der Leiden wohl viele gehabt – Nicht wahr? und sind menschlicher worden?“

[58] „Mein Herr – Wozu soll das?“

„Sie stehen noch einen Schritt von der Ewigkeit, bald – bald brauchen sie Barmherzigkeit bei Gott. Sie werden sie Menschen nicht versagen. – – Ahnen sie nichts? Mit wem glauben sie, daß sie reden?“

„Was ist das? Sie erschröken mich.“

„Ahnden sie noch nicht? – Schreiben sie es ihrem Fürsten, wie sie mich fanden, und daß ich selbst aus freier Wahl mein Verräther war – daß *ihm* Gott einmal gnädig seyn werde, wie *er* jezt mir es seyn wird – bitten sie für mich, alter Mann, und lassen sie dann auf ihren Bericht eine Träne fallen: Ich bin der Sonnenwirth.“